Comentarios de los niños y adultos
acerca de *La casa del árbol*®

"¡oh, cielos... esta colección es
realmente emocionante!".
—Christina

"Me encanta la serie La casa del árbol.
Me quedo leyendo toda la noche. ¡Incluso
en época de clases!".
—Peter

"Annie y Jack han abierto una puerta al
conocimiento para todos mis alumnos.
Sé que esa puerta seguirá abierta durante
todas sus vidas".
—Deborah H.

"Como bibliotecaria, siempre veo a muchos jóvenes
lectores preguntar felices por el siguiente libro de
la serie La casa del árbol".
—Lynne H.

LA CASA DEL ÁRBOL® #40
MISIÓN MERLÍN

El regalo del pingüino emperador

Mary Pope Osborne

Ilustrado por Sal Murdocca
Traducido por Marcela Brovelli

LECTORUM
PUBLICATIONS, INC.

Para Nory van Rhyn,
quien me recuerda a Penny

Spanish translation©2018 by Lectorum Publications, Inc.
Originally published in English under the title
EVE OF THE EMPEROR PENGUIN
Text copyright©2008 by Mary Pope Osborne
Illustrations copyright ©2008 by Sal Murdocca
This translation published by arrangement with Random House Children's Books,
a division of Random House, Inc.

MAGIC TREE HOUSE®
is a registered trademark of Mary Pope Osborne, used under license.

For information regarding permission, contact
Lectorum Publications, Inc., 205 Chubb Avenue, Lyndhurst, NJ 07071.

Library of Congress Cataloging-in-Publication data
Names: Osborne, Mary Pope, author. | Murdocca, Sal, illustrator. | Brovelli, Marcela, translator.
Title: El regalo del pingüino emperador / Mary Pope Osborne ; ilustrado por Sal Murdocca ; traducido por Marcela Brovelli.
Other titles: Eve of the emperor penguin. Spanish
Description: Lyndhurst, NJ : Lectorum Publications, Inc., [2018] | Series: Casa del arbol ; #40 | "Mision Merlin." | Originally published in English by Random House in 2008 under title: Eve of the Emperor penguin. | Summary: The magic tree house takes Jack and Annie to Antarctica to search for the fourth secret of happiness for Merlin.
Identifiers: LCCN 2018005130 | ISBN 9781632456830
Subjects: | CYAC: Tree houses--Fiction. | Voyages and travels--Fiction. | Magic--Fiction. | Brothers and sisters--Fiction. | Antarctica--Fiction. | Spanish language materials.
Classification: LCC PZ73 .O74956 2018 | DDC [Fic]--dc23 LC record available at
https://lccn.loc.gov/2018005130

....
ISBN 978-1-63245-683-0
Printed in the U.S.A
10 9 8 7 6 5 4 3 2 1

ÍNDICE

Queridos lectores:

Hace muchos años que visito uno de mis sitios favoritos: el zoológico del Central Park de Nueva York. Mi esposo, Will, y yo siempre vamos por una razón en particular: visitar los aproximadamente sesenta pingüinos papúa y barbijo que viven allí. Nos hacen reír mucho, especialmente, cuando saltan del agua al borde de la piscina. Nos encanta cuando sus cuidadores llaman a cada uno por su nombre y los alimentan con pescados.

Mientras escribía este libro, uní esos recuerdos con lo que encontré en mi investigación acerca de la Antártida. Y también, mi imaginación me mostró a Annie y a Jack buscando otro secreto de la felicidad para compartirlo con Merlín. En cada nuevo libro de La casa del árbol siempre combino tres cosas: <u>recuerdos</u>, <u>imaginación</u> e <u>investigación</u>. Pero también existe otro ingrediente que siempre está presente en la colección:

la <u>alegría</u>. Adoro escribir y compartir las aventuras de Annie y Jack con todos ustedes. Este es uno de mis secretos de la felicidad personales.

Mary Pope Osborne

"Blanco reluciente, azul brillante, negro azabache;
bajo la luz del sol, la tierra parece un cuento de hadas".
—Roald Amundsen,
el primer explorador que llegó
al Polo Sur en 1911.

Prólogo

Un día de verano, en el bosque apareció una misteriosa casa en la copa de un árbol. Muy pronto, los hermanos, Annie y Jack se dieron cuenta de que la pequeña casa era mágica. En ella, podían ir a cualquier lugar y época de la historia, ya que la casa pertenecía a Morgana le Fay, una bibliotecaria mágica del legendario reino de Camelot.

Luego de muchas travesías encomendadas por Morgana, Annie y Jack vuelven a viajar en la casa del árbol en las "Misiones Merlín", enviados por dicho mago. Con la ayuda de dos jóvenes hechiceros, Teddy y Kathleen, Annie y Jack visitan cuatro lugares *míticos* en busca de objetos muy valiosos para salvar al reino de Camelot.

En sus cuatro siguientes misiones, a Annie y a Jack se les encomendó que viajaran a sitios y períodos reales de la historia para demostrarle a Merlín que tenían capacidad de hacer magia sabiamente.

Ahora, Annie y Jack serán quienes deban salvar a Merlín. Morgana le Fay les ha pedido que busquen cuatro secretos de la felicidad para ayudar al mago a superar una profunda tristeza. Como ya encontraron los primeros tres, están listos para saber dónde deberán buscar el cuarto...

CAPÍTULO UNO

¡Sonríe!

Era una fría tarde de noviembre. Jack rastrillaba las hojas secas. Los gansos graznaban en el cielo.

—Sonríe —dijo Annie, enfocando a su hermano con la cámara fotográfica.

—Nada de fotos por ahora —contestó él.

—Vamos, ¡sonríe! —insistió Annie.

Jack puso cara de tonto y sonrió.

—Uf, sonríe de *verdad* —agregó Annie—. Esta foto es para un proyecto escolar acerca de la familia.

Jack cruzó los ojos y puso más cara de tonto.

—Bien, si así lo quieres… —dijo Anny—. Voy a ir al bosque…

—Buena idea —contestó Jack.

—Quizá haya vuelto la casa del árbol —comentó Annie.

—Siempre dices eso cuando quieres que deje lo que estoy haciendo y te acompañe —añadió Jack.

—Tal vez Teddy y Kathleen estén esperándonos —insistió Annie.

—Sí, seguro —respondió Jack.

—Y quizá quieren que vayamos a buscar el cuarto secreto de la felicidad para Merlín —dijo Annie—. Seguro van a mandarnos a un lugar espectacular.

—Bueno, así lo espero. Diviértete. Debo terminar de rastrillar las hojas antes de que oscurezca.
—Cuando Jack miró el cielo, alcanzó a ver un rayo de luz cruzando por encima del bosque de Frog Creek—. ¡Huy! ¿Viste eso, Annie? —preguntó, sonriendo.

—¡Mantén esa sonrisa! —dijo Annie, agarrando su cámara—. ¡Perfecto! ¡Gracias!

—Pero, ¿viste eso? —insistió Jack—. Esa luz que cruzó por encima del bosque.

—¡Ja, ja! —exclamó Annie.

—¡Es verdad! ¡Vi una luz brillante! ¡Espera un segundo! —Jack dejó el rastrillo y corrió hacia la casa gritando—. ¡Mamá! ¡Papá! Annie y yo iremos a caminar, ¿de acuerdo?

—Está bien —respondió su padre—, ¡pero regresen antes del anochecer!

—¡Abríguense! —agregó la madre.

—¡Lo haremos! —Jack abrió el armario del recibidor, sacó dos gorros y dos bufandas y dijo—: ¡Listo, ya podemos irnos!

Ella puso la cámara fotográfica en el bolsillo de la chaqueta y salió corriendo con Jack. Cruzaron la calle y se dirigieron al bosque de Frog Creek, ya sombrío por el crepúsculo. Caminaron por un sendero de hojas secas hasta toparse con el árbol más alto.

¡La casa del árbol estaba allí! Kathleen y Teddy, enfundados en capas oscuras, estaban asomados a la ventana.

—¡Hola! ¡Hola! —gritó Annie.

—¡Pensábamos ir a buscarlos! —dijo Kathleen—. ¿Cómo supieron que estábamos aquí?

—¡Vi la luz! —contestó Jack.

—¡Suban! —dijo Teddy.

Rápidamente, Annie y Jack subieron por la escalera colgante. Al entrar en la casa mágica, abrazaron a sus amigos.

—¿Ya es hora de ir a otra misión? —preguntó Annie.

—¡Así es! —respondió Kathleen.

—Y es bastante urgente —agregó Teddy.

—Merlín está decayendo muy rápidamente —dijo Kathleen, pestañeando para no llorar.

—¡Ay, no! —exclamó Annie.

—Morgana quiere que encuentren el último secreto de la felicidad *hoy* mismo —agregó Teddy—. Luego, deberán ir a Camelot para llevarle a Merlín los cuatros secretos. ¿Recuerdan los otros tres?

—¡Claro! —dijo Jack—. Los tres obsequios que tengo en la mochila nos ayudan a recordarlos.

—Un poema, un dibujo y una concha —agregó Annie.

—Bien —contestó Teddy—. Este es el lugar en el que buscarán el último secreto.

Sacó un libro de debajo de la túnica y se lo dio a Jack.

En la tapa, se veía un volcán, rodeado de hielo y nieve. El título decía:

—¿La Antártida? Allí no hay casi nada —dijo Jack—. Lo estudiamos en la escuela. ¿Dónde quieren que busquemos el secreto?

—No lo sé, pero con esta rima de Morgana se guiarán —contestó Kathleen, dándole a Annie una hoja de pergamino.

Ella leyó la rima en voz alta:

> Para el último secreto, dejarán que los lleven
> a una montaña ardiendo, cubierta de hielo y nieve,
> sobre ruedas y por el aire. Si algo se desmorona,
> pronto verán la Cueva de la Antigua Corona.
> Luego, rápido a Camelot, llegando el final del día,
> que Merlín no pierda la vida por falta de alegría.

—¿Perder la vida? —preguntó Annie.

—Me temo que sí —respondió Teddy.

—No entiendo —dijo Jack—. Este poema dice que iremos a un lugar de fantasía; un sitio con "una montaña ardiendo" y "una Cueva de la Antigua Corona", pero la Antártida existe, es totalmente real.

—Así es, la rima de Morgana también es un misterio para mí —comentó Teddy.

—Pero aún tienen la Vara de Dianthus, ¿verdad? —preguntó Kathleen.

—Sí —Jack abrió la mochila, sólo para asegurarse de que allí estuviera la reluciente vara de unicornio.

—Bien —dijo Kathleen—. ¿Recuerdan las tres reglas?

—Seguro —contestó Annie—. Su magia sólo funciona si se la usa para el bien de otros. Sólo una vez que hayamos hecho nuestro mayor esfuerzo. Y sólo, pidiendo un deseo de *cinco* palabras.

—Excelente —exclamó Teddy.

—Ojalá vinieran con nosotros —dijo Jack.

—Debemos volver con Morgana para ayudar a Merlín —comentó Kathleen—. Pero ustedes son muy valientes e inteligentes y podrán con la misión sin la ayuda de nadie.

Jack, tímidamente, asintió con la cabeza. Al escuchar a Kathleen, se sintió más seguro.

—Cuando tengan el secreto, deberán ver a Merlín de inmediato —indicó Teddy—. Sólo señalen la palabra Camelot en la rima de Morgana y pidan el deseo de ir allá.

—Comprendido —dijo Annie.

—Ahora vayan rápido —añadió Kathleen—. Y, ¡buena suerte!

—Hasta pronto —respondió Annie.

Jack respiró hondo y señaló la tapa del libro.

—¡Deseamos ir a este lugar! —exclamó con firmeza.

El viento empezó a soplar.

La casa del árbol comenzó a dar vueltas.

Más y más rápido cada vez.

Después, todo quedó en silencio.

Un silencio absoluto.

CAPÍTULO DOS

¡Demasiado hielo!

—Bienvenidos a la Antártida —dijo Annie.

Ella y Jack estaban enfundados en ropa para nieve: pantalones, guantes, botas con pinchos y un grueso abrigo rojo con capucha. Llevaban puestos anteojos y pasamontañas, para proteger la nariz y la boca. La mochila de Jack se había convertido en una mochila para excursionista.

Dentro de su gruesa ropa, él se sentía atrapado. Se descubrió la boca y se puso los anteojos sobre la frente. Annie hizo lo mismo. Como el aire estaba helado, parecía que echaban humo por la boca.

—¡Aquí sí hace frío! —dijo Jack.

El viento le pinchaba la cara y lo hacía lagrimear, pero siguió en la ventana, sin los anteojos y el pasamontañas.

La casa del árbol estaba cerca del mar, debajo de un saliente, en un acantilado de hielo. El agua helada brillaba bajo el sol. La costa se veía desértica y silenciosa.

—¡Qué desolador! —comentó Jack—. En la Antártida, nunca ha habido un rey y tampoco una reina. De hecho, acá jamás vivió nadie, hasta que, no hace mucho, llegaron los primeros exploradores. No entiendo cómo encontraremos la Cueva de la Antigua Corona.

—Empecemos por descubrirlo —sugirió Annie.

—No tan pronto —dijo Jack sacando el libro de su mochila.

Se quitó un guante y abrió el libro de la Antártida en el primer capítulo. Empezó a leer en voz alta:

El continente antártico es el sitio más frío, seco y ventoso de la tierra. Su superficie, más extensa que la de los Estados Unidos, está conformada por infinitas estructuras de hielo: acantilados, capas, casquetes y icebergs.

—Sí, acá, todo es de hielo —dijo Annie—. Entiendo, pero ya vámonos.

—Espera un minuto —agregó Jack, y siguió leyendo:

Pero la Antártida no siempre estuvo cubierta de hielo. Hace muchos eones, era parte de un gran bloque continental, al que los científicos nombraron Gondwana. Allí había bosques, flores y muchos animales, incluso, dinosaurios. Pero nunca estuvo habitada por el hombre.

—¿Lo ves? —dijo Jack—. Jamás hubo ni reyes, ni reinas, ni coronas.

—Sí, pero ya vámonos —propuso Annie.

Sin embargo, Jack continuó con la lectura:

A lo largo de millones de años, la Antártida fue desprendiéndose del continente de Gondwana y desplazándose hacia el sur.

—Hora de desplazarse… ¡adiós, Jack! —dijo Annie y salió por la ventana de la casa mágica.

Jack volvió los ojos al libro pero, al instante, oyó la risa de su hermana.

—¡Mira esto…! ¡Ven, Jack! —gritó Annie.

—¿Qué pasa? —preguntó él, cerrando el libro.

—¡No vas a creerlo! ¡Tienes que ver esto! —insistió Annie.

Jack se puso el guante y se colgó la mochila. Guardó la rima en el bolsillo y, con el libro contra el pecho, salió por la ventana.

Siguiendo la risa de Annie más allá de la casa del árbol, se acercó a ella. Sobre la costa congelada, se veía un grupo de pingüinos con sus crías. Los adultos tenían mechas anaranjadas en las mejillas, el pecho blanco y mullido, y aletas negras estiradas a los lados. Los más pequeños parecían bolas peludas de color gris. Con pasos cortos y graciosos, caminaban hacia Annie, balanceándose de un costado al otro.

Al verlos, Jack se echó a reír. Los pingüinos más grandes parecían un comité de enanos, vestidos de gala.

De repente, un grupo de ellos se detuvo frente a Annie y empezó a graznar.

—Hola, muchachos —dijo Annie—. ¡Encantada de conocerlos!

Ellos la miraron con curiosidad amistosa.

—Son maravillosos —agregó Jack abriendo el libro. Al ver a las elegantes criaturas dibujadas, se puso a leer:

El emperador es el más alto, pesado y antiguo de todas las especies de pingüinos. En la adultez, llega a medir más de tres pies de alto y su peso alcanza las noventa libras. Según investigadores, el ancestro más cercano a los pingüinos vivió hace cuarenta millones de años.

—¡Cuarenta millones de años! —exclamó Jack—. Entonces, ¿cuántos años hemos retrocedido? ¿Un millón? ¿Mil?

—No lo sé, pero voy a fotografiarlos para mi proyecto escolar. Parecen una pequeña familia, ¿no? —Annie sacó la cámara del bolsillo, enfocó a los pingüinos y dijo—: ¡Sonrían!

De golpe, sobre el hielo se vio una sombra. Todos los pingüinos se amontonaron, graznando enloquecidos.

Annie y Jack miraron hacia arriba y vieron a un enorme pájaro de color marrón grisáceo con un largo pico, volando en círculos y emitiendo un chillido escalofriante.

—¿Qué es eso? —preguntó Annie, alarmada.

—Voy a fijarme... —contestó Jack. Mientras hojeaba el libro, vio lo que buscaba—. ¡Acá está! —Y se puso a leer:

Los petreles gigantes son los buitres de la Antártida. Se alimentan de pájaros y animales muertos y, a veces, llegan a atacar a las crías de lobos marinos y de los pin...

—¡Ay, no! —exclamó Annie.

Jack miró hacia arriba. El petrel se abalanzaba, en picado, hacia los pingüinos. De repente, golpeó al más pequeño con el ala y remontó vuelo.

El pequeño pingüino se alejó del grupo, graznando y balanceándose de un lado al otro. El petrel desplegó las enormes alas y, nuevamente, se lanzó en picado.

—¡NO! —gritó Annie.

El petrel desvió el vuelo, pero se quedó revoloteando por encima.

Jack tiró el libro y agarró un puñado de nieve para hacer una bola. Antes de poder tirársela al ave, esta atacó de nuevo. Jack saltó y cayó de rodillas junto al pingüino, y se abrazó al cuerpo mullido del pequeño para protegerlo.

—¡Vete! ¡Déjanos en paz! —gritó Annie, ahuyentando al pájaro.

El petrel lanzó un graznido y voló hacia el acantilado de hielo.

Jack soltó al pingüino y se puso de pie. El pingüino lo miró, piando y moviendo la cabeza.

—De nada —dijo Jack, sonriendo—. Ahora, vuelve con tu familia. Vamos, todos ustedes, regresen al agua, allí estarán más seguros. Vayan, vayan...

Los pingüinos, como diciendo adiós, se alejaron graznando y agitando las alas. Luego, con pasitos rápidos y graciosos, avanzaron por la orilla congelada rumbo al mar. Uno detrás del otro fueron zambulléndose en las grietas del hielo, hasta desaparecer.

—¡Adiós, chicos! —dijo Annie.

¡TUUU!

—¿Qué es eso? —preguntó Jack.

¡TUUU!

—Parece una bocina —contestó Annie.

—Qué extraño —añadió Jack.

—Viene de allá —dijo Annie.

Jack levantó el libro del suelo y subió por una ladera resbaladiza, siguiendo a su hermana. Los pinchos de metal de las botas lo ayudaban a no resbalar. Cuando llegaron a la cima, miraron hacia abajo.

—Cielos —exclamó Jack—. ¡No retrocedimos en el tiempo! ¡Estamos en el presente!

CAPÍTULO TRES

Adultos pequeños

Sobre el campo nevado, al pie de la ladera, se veían edificios verdes, marrones y amarillos; postes de teléfono, caños de metal y tanques de almacenamiento. Por los caminos de grava, transitaban tractores y buldóceres. La escena parecía una ciudad pequeña.

¡TUUU! El sonido venía de un autobús rojo, con neumáticos enormes, estacionado muy cerca de allí.

—¿Qué es este lugar? —preguntó Annie.

Jack hojeó el libro y encontró un dibujo similar a lo que tenía en frente. Al pie de la hoja decía: *Base McMurdo*. Jack leyó el párrafo que había bajo el dibujo:

En la Antártida, hay numerosas bases de investigación científica, que representan a países de todo el mundo. La más grande es la Base McMurdo. Allí, los investigadores se quedan a trabajar durante semanas e, incluso, durante meses.

¡TUU!

Jack vio que del edificio amarillo salían cuatro personas, enfundadas en abrigos rojos, con anteojos para nieve y pasamontañas. Luego, las cuatro se dirigieron al autobús.

—Deben de ser investigadores —comentó Jack.

—Vayamos a hablar con ellos —dijo Annie.

—No podemos —agregó Jack—. Seguro se van a preguntar qué hacen dos niños solos en la Antártida.

—No tienen por qué saber que somos niños —añadió Annie—. Con los anteojos y el pasamontañas, nos veremos como ellos. Pensarán que somos adultos pero más bajos de estatura.

—Mm… no lo creo —dijo Jack.

En ese instante, alguien bajó del autobús.

—¡Hola, amigos! —les gritó una mujer a los cuatro investigadores—. ¡Yo soy Nancy, su guía y chofer!

Al ver a Annie y a Jack, les hizo señas para que se acercaran.

—Hola, ¿son del grupo que va para el volcán? —preguntó, y señaló una montaña lejana.

—¿Oíste eso, Annie? ¡Un volcán! ¡Sí! —dijo Jack poniendo voz ronca—. ¡Ya vamos!

—Ah, ¿vamos a ir? —preguntó Annie sorprendida.

—Un *volcán*…, ¿no escuchaste? —preguntó Jack—. ¡Una montaña ardiendo!

—¡Ah, claro! —contestó Annie—. Como la de la rima, ¡ya entendí!

—¡Cúbrete la cara, rápido! —dijo Jack.

Se pusieron los anteojos y el pasamontañas y caminaron hacia el autobús.

—No hables con nadie, a menos que te pregunten algo —comentó Jack con rapidez—. Y si hablas con alguien, no olvides poner una voz bien gruesa.

—No hay problema —respondió Annie con voz ronca.

—Mm…, mejor quédate callada —agregó Jack.

—¡Vamos, rápido! —les dijo Nancy.

—¡Sí, sí! —contestó Jack, con voz grave, mientras corría por la nieve.

Cuando él y Annie llegaron al autobús, ya todos habían subido, menos Nancy.

—¡Bien! ¡Llegaron justo a tiempo! —dijo ella—. ¡Síganme!

Subió al vehículo y se sentó en el asiento del conductor.

Sin decir una sola palabra, Annie y Jack siguieron a Nancy. Mientras caminaba por el pasillo del autobús, Jack miraba a los pasajeros. Una pareja lo saludó con un gesto y él se lo devolvió. Todos iban escondidos debajo de sus anteojos, pasamontañas y abrigos gruesos. Jack no tenía forma de saber sus edades y, mucho menos, quién era hombre y quién mujer.

Ambos se sentaron unas filas detrás del resto. Jack se quitó la mochila y la puso junto a los pies.

—¿Están listos? —preguntó Nancy, mirando por el espejo retrovisor.

Annie y Jack asintieron con la cabeza.

Nancy cerró la puerta del vehículo y encendió el motor. Las ruedas gigantes comenzaron a circular por el camino de grava. Jack se puso a mirar por la ventanilla.

El sol brillaba con intensidad sobre la extensa planicie congelada. Cientos de cristales de hielo bailaban con el viento. Todo parecía centellear.

—¿Cómo están todos? —preguntó Nancy—. ¿Están contentos, mis campistas?

Todos asintieron con la cabeza, incluso Annie y Jack.

—Bien, ¡me gustan los pasajeros sin quejas! —bromeó Nancy.

"Todo bien, por ahora", pensó Jack.

Nadie los había descubierto, aún.

—Tendremos un viaje corto —explicó Nancy—. Pero nos alcanzará para presentarnos. Yo soy Nancy Tyler, trabajo en la Antártida como guía, chofer y mecánico de vuelo.

—Genial —susurró Annie.

—Sé que todos son investigadores y periodistas de distintos países —agregó Nancy—. Díganme sus nombres, empezando por los del frente.

La mujer del primer asiento se quitó el pasamontañas.

—Mi nombre es Lucy Banks y soy científica espacial. Soy de Estados Unidos —dijo—. Estoy escribiendo un artículo acerca del uso de robots en el cráter del monte Erebus. Ojalá que algún día esto nos sea útil para nuestro trabajo en Marte.

"¡Cielos! —pensó Jack—. ¿Qué diremos nosotros, que somos Annie y Jack de Frog Creek y vinimos a la Antártida en busca del cuarto secreto de la felicidad para salvar a Merlín, el mago de Camelot?".

—¡Maravilloso, Lucy! —dijo Nancy—. Este continente es tan parecido a Marte como cualquier otro sitio de la tierra. ¿El siguiente?

—Ali Khan, biólogo de Turquía —dijo el hombre sentado detrás de Lucy Banks—. Vine a investigar la resistencia de las bacterias al calor, en el cráter del monte Erebus.

"Piensa, rápido", se dijo Jack.

—¡Muy bien! —exclamó Nancy—. ¿Siguiente?

—Tony Sars, de Australia —agregó otro hombre—. Escribo para el *Sydney Morning Herald*. —Y mostró su cuaderno.

—¡Bien! —respondió Nancy.

"¡Ya sé!", pensó Jack.

Se quitó un guante y sacó su cuaderno de la mochila.

—Kim Lee —dijo la mujer, sentada detrás de Tony—. Trabajo como fotógrafa para una revista coreana.

—¡Fantástico! —agregó Nancy—. Y... ¿mis amigos de allá atrás?

Sin quitarse el pasamontañas, Jack gritó con voz ronca:

—¡*Frog Creek Times*, EE.UU.! —Y alzó su cuaderno—. Eh..., historia sobre la Antártida. Ella es...eh...

Annie alzó su cámara fotográfica.

—¡Soy su fotógrafa! —añadió con voz gruesa.

—¡Excelente! —dijo Nancy—. ¡Qué buen grupo! Bien, luego seguiremos con las presentaciones. Ahora les diré algo que ya saben, pero debo repetirlo. Es muy importante que recuerden las reglas de la Antártida.

Jack abrió su cuaderno.

—Jamás corran —recomendó Nancy—. Presten atención hacia dónde van y qué hacen.

Jack empezó a escribir:

¡Caminar despacio!

—Nunca salgan a caminar solos. Debajo de la nieve puede haber grietas muy profundas —dijo Nancy.

Jack volvió a tomar nota:

¡Ir siempre acompañado!
¡Grietas debajo de la nieve!

—Y recuerden, toda la Antártida es una reserva natural —dijo Nancy—. Nunca, jamás, toquen o molesten a su fauna.

—Ups —exclamó Annie.

—Pues nosotros rompimos las reglas con los pingüinos —susurró Jack preocupado.

—Lo sé, pero no volveremos a hacerlo —añadió Annie en voz muy baja.

—Perfecto —contestó Jack. Y continuó con sus anotaciones:

¡No tocar la fauna! ¡NUNCA!

—¿Alguna duda? —preguntó Nancy.

Todos dijeron que no con la cabeza.

—Bien —contestó Nancy—. Estoy ansiosa por compartir la Antártida con ustedes. ¡Sé que se llevarán mucha información y buenas historias!

El autobús siguió su camino. Nadie había notado nada raro en Annie y Jack.

—Nancy nos dijo "amigos" —le susurró Jack a Annie—. Los demás deben de pensar que ella nos conoce.

—Sí, y *ella* piensa que somos amigos de los *demás* —dijo Annie.

—Esto nos salió bien —comentó Jack. Casi no podía creerlo.

—Me acordé de la última misión…, del barco lleno de científicos —susurró Annie.

—Esto es mejor —añadió Jack—. Todos nos tratan como adultos y, además, no tengo ganas de vomitar.

—Y las mujeres de hoy hacen cosas realmente fantásticas. Igual que los hombres —agregó Annie.

—Buen punto, pero hay algo de la rima que aún no entiendo —dijo Jack, sacando la hoja de pergamino. Ambos leyeron en silencio:

*Para el último secreto, dejarán que los lleven
a una montaña ardiendo, cubierta de hielo y nieve,
sobre ruedas y por el aire. Si algo se desmorona,
pronto verán la Cueva de la Antigua Corona.
Luego, rápido a Camelot, llegando el final del día,
que Merlín no pierda la vida por falta de alegría.*

—Parece que habla de un lugar mágico, ¿lo ves? —comentó Jack—. Pero la Antártida es un lugar cien por ciento real. ¡Está llena de científicos!

—¡Ya lo sé! Pero algo encaja con las rimas —comentó Annie—. "La montaña ardiendo, cubierta de hielo y nieve" es el volcán, el monte Erebus. ¡Allí está!

A lo lejos, se alzaba una inmensa montaña de laderas blancas y, del pico, salían nubes de humo que oscurecían el cielo azul.

—Está ardiendo, tienes razón —dijo Jack.

—Y estamos *sobre ruedas* —agregó Annie.

—Ajá —exclamó Jack, mirando la hoja—. Bueno, "montaña ardiendo, cubierta de hielo y nieve", "sobre ruedas"…, pero… ¿qué hay de…? ¿"por el aire"? ¿Qué…?

—¡Ay, cielos! —exclamó Annie.

—¿Qué sucede? —preguntó Jack.

—¡Mira eso…! —dijo Annie.

CAPÍTULO CUATRO

Alegres campistas

Un helicóptero blanco y anaranjado, con esquíes en la base, acababa de aterrizar sobre un campo llano, con mucha nieve. El autobús se detuvo cerca de allí.

—¡Seguro vamos a ir en helicóptero al volcán! —comentó Annie.

—¡*Por el aire!* ¡Justo lo que dice el poema! ¡Fantástico! —agregó Jack—. ¡Siempre había querido volar en un helicóptero!

Nancy se puso de pie.

—Por favor, los que bajen ahora no olviden que las aspas del helicóptero son muy peligrosas. Para avanzar, siempre esperen la señal del piloto —dijo.

Todos observaron las aspas en movimiento, hasta que se detuvieron. Luego, el piloto comenzó a hacer señas, desde la ventanilla.

—¡Bien, Pete dice que ya podemos ir! —comentó Nancy.

Jack guardó la rima en el bolsillo, se colgó la mochila y, con el cuaderno en la mano, esperó detrás de Annie a que bajaran los que iban al volcán. Bajo el sol resplandeciente, todos caminaron hacia el helicóptero.

—¡Todos a bordo! —exclamó Nancy.

Annie y Jack subieron detrás de los otros cuatro adultos y se sentaron, apretujados, en una pequeña cabina. Detrás del conductor, las dos hileras de pasajeros se abrocharon los cinturones de seguridad.

Nancy cerró bien la puerta. Se sentó junto a Pete y se puso los auriculares.

—¡Por favor, pónganse los auriculares! Están debajo del asiento. Les servirán para protegerse los oídos y para escucharme —explicó Nancy.

Todos sacaron sus auriculares de debajo del asiento. Annie y Jack se quitaron la capucha, pero se dejaron los anteojos y el pasamontañas. Las almohadillas gruesas contra las orejas amortiguaban todos los ruidos.

De pronto, Jack oyó la voz de Nancy por los auriculares:

—Probando, uno, dos, tres. ¿Todos me oyen? —Los pasajeros asintieron con la cabeza—. Bien Pete, ¡llévanos al monte Erebus!

El conductor encendió el motor. Jack, incluso con los auriculares, oía el ruido de las aspas y el rugido del motor. Mientras se elevaban por el aire, sacudiéndose por el vuelo, Jack contuvo la respiración.

El helicóptero, agitándose y ladeándose, por fin inició su ruidoso viaje por el cielo azul.

Annie enfocó su cámara y empezó a sacar fotos. La fotógrafa coreana hizo lo mismo y el periodista australiano se puso a tomar notas.

Jack estaba tan entusiasmado que no podía escribir.

"Esto es maravilloso —pensó—. Todo lo que dicen las rimas, está cumpliéndose".

Mientras volaban hacia la montaña ardiendo, cubierta de hielo y nieve, trató de memorizar cómo seguía la rima. Luego, la sacó del bolsillo y se puso a leer:

...dejarán que los lleven
a una montaña ardiendo, cubierta de hielo y nieve,
sobre ruedas y por el aire. Si algo se desmorona...

"¿Algo se va a desmoronar? Un momento...,
—pensó Jack—. ¿Esto quiere decir que el helicóptero va a desmoronarse?".

Annie se dio vuelta y levantó el pulgar, mirando a Jack, acosado por los pensamientos.

Él no quería asustarla, así que sonrió y guardó la rima. Con ansiedad, se puso a mirar por
la ventanilla mientras el helicóptero se acerca-
ba a un círculo rojizo-anaranjado en la cima del
monte Erebus.

—Allí abajo vemos uno de los lagos de lava más
famosos del mundo —dijo Nancy.

El helicóptero se quedó sobrevolando el cráter
del volcán. El lago de lava hervía y burbujeaba.

—Esa lava tiene muchas millas de profundidad —añadió Nancy—. Su temperatura supera los
1.700 grados Fahrenheit. ¿Los que están de este
lado ven bien? ¿Pete?

El conductor ladeó el helicóptero hacia un lado
y hacia el otro.

—Oh, ah... —exclamaron todos, menos Jack.
Kim y Annie sacaron más fotografías.

"¡Vámonos! —pensó Jack—. ¡Antes de que esto se desmorone!".

—Muy bien, Pete, eso estuvo fantástico —dijo Nancy—. ¡Ahora, aterricemos cerca del campamento!

El helicóptero se enderezó y comenzó a descender por la ladera de la montaña volcánica. Jack divisó una pequeña construcción anaranjada sobre el suelo nevado. Cerca de allí, se veían estacionadas coloridas motonieves.

Un poco después, el helicóptero aterrizó sobre la ladera, balanceándose y sacudiéndose, hasta que el motor se detuvo.

"¡UF!", pensó Jack.

Habían aterrizado sin caerse en el lago de lava. Pero, entonces, ¿cuál era el significado de: "si algo se desmorona"?

—¡Quédense sentados hasta que las aspas se detengan *por completo!* —dijo Nancy.

Todos permanecieron en el lugar, con los auriculares y el cinturón puestos.

—Como todos saben, iremos a la cima en motonieve —continuó Nancy—. Es muy peligroso conducir sobre estas laderas nevadas y resbaladizas. Por favor, recuerden todo lo que aprendieron en el entrenamiento de ayer.

Annie y los demás asintieron con la cabeza. Jack le dio un codazo a su hermana. ¡Jamás habían hecho ningún entrenamiento para conducir una motonieve!

—Otra recomendación —añadió Nancy—. Sé que también se entrenaron para no marearse con la altitud, lo cual es muy peligroso. Así que, si tienen algún síntoma, háganmelo saber.

"¡¿Marearnos con la altitud?! —se preguntó Jack.

Volvió a quitarse un guante, abrió la mochila y sacó el libro para investigar. Miró el índice y leyó, *"Trastornos por la altitud"*, buscó la página y se puso a leer:

Los trastornos por la altitud, también conocidos como mal de la montaña, se producen por causa de la falta de oxígeno a gran altura. Para evitar el dolor de cabeza, los mareos y la falta de aire, los

montañistas del monte Erebus se entrenan durante días ascendiendo cada día a alturas cada vez mayores.

"¡Ay, no!", pensó Jack.

Las aspas del helicóptero se habían detenido.

—Bien, mis alegres campistas, ¡todo aclarado! —dijo Nancy—. ¡Antes de ir a la cima, nos reuniremos en la cabaña!

Cuando abrió la puerta del helicóptero, todos se quitaron los auriculares y los cinturones de seguridad, y bajaron detrás de su guía. El último fue Jack. Se había atrasado guardando el libro y colgándose la mochila.

—¿Por qué tardaste tanto? —le preguntó Annie.

Jack sólo sacudió la cabeza.

—¡Que llegues bien a la estación, Pete! —dijo Nancy, en voz alta. ¡Nos veremos luego!

Pete saludó por la ventanilla. Luego, las aspas empezaron a girar y el helicóptero fue elevándose con estruendo.

CAPÍTULO CINCO

Bombas de lava

Jack ya no se sentía un campista alegre. Caminando por el campo helado, miró las motonieves estacionadas cerca de la cabaña.

—¡No sabemos conducir estas motos! —le susurró a Annie—. ¡Ni siquiera hicimos el entrenamiento para evitar los mareos por la altitud!

—No te preocupes. Si tenemos problemas podemos usar la vara —sugirió Annie.

—No, no podemos —añadió Jack—. No debemos usarla para nosotros mismos. Además, aún no hemos hecho nuestro mayor esfuerzo.

—Síganme, grupo —dijo Nancy, dirigiéndose a la pequeña construcción anaranjada.

Annie y Jack siguieron al grupo y entraron. En la pequeña cabaña de una habitación había sillas plásticas, un pequeño calefactor, hachas, jarras con agua y estantes con cajas de alimento energético.

—Siéntense y sírvanse un vaso de la mejor agua del mundo —recomendó Nancy—. Es hielo de glaciar derretido.

Lucy, Kim, Tony y Ali tomaron asiento, llenaron sus vasos de lata y se sacaron el pasamontañas para beber. Jack tenía sed, pero mirando a Annie, dijo *no* con la cabeza. Estaba aterrado; no podían mostrar la cara.

—Antes de irnos, les haré una recomendación acerca de la motonieve —dijo Nancy—. Aunque estén entrenados, deberán ser muy cuidadosos. En el ascenso, no olviden manejar de costado, si sus motos resbalan y se vuelcan, evitarán aplastarse la pierna.

Todos asintieron con la cabeza.

"¿Cómo se maneja de costado?", se preguntó Jack, aterrado.

—No teman ir rápido y no bloqueen los frenos; sería un desastre —recomendó Nancy.

—Y tengan cuidado con las bombas de lava —agregó Ali, el biólogo.

—¿Bombas de lava? —chilló Jack. Pero, rápidamente, se aclaró la garganta y habló con voz grave—. Perdón, ¿bombas de lava?

—Sí, la lava que escupe el volcán —contestó Ali.

—¿Que escupe el...? —repitió Jack.

—Como la avena, cuando salpica fuera de la olla —explicó la científica espacial.

—Pero estas bombas no son de avena —agregó Ali—, están hechas de roca líquida hirviendo, y la tierra las escupe. Algunas son grandes como un auto y dejan agujeros profundos sobre el hielo y la nieve.

—Si una llegara a golpearlos... —dijo Tony, riéndose entre dientes—. Bueno, sólo traten de imaginarlo...

Jack ni quería hacerlo.

—Seriamente, es así —agregó Nancy—. Durante millones de años, el gas caliente y la lava fueron esculpiendo cavernas y torres muy por debajo de la superficie de esta ladera nevada. Nadie conoce los secretos del monte Erebus.

Nancy tomó el último sorbo de agua y dejó su vaso.

—Bien, amigos, tienen varias horas para sus experimentos y para escribir sus artículos. Más tarde, Pete volverá a buscarnos. ¡En marcha! —dijo.

Cuando Jack se puso de pie, casi termina en el piso. En la habitación, todo daba vueltas. Cerró los ojos, pero se sintió peor. Luego de que todos salieron, él volvió a sentarse.

"¡Me quedaré aquí por un rato!", pensó. El corazón le latía a toda velocidad.

—¿Estás bien? —le preguntó Annie, que había regresado.

—Estoy mareado —dijo él, respirando hondo—. Creo que tengo el mal de la montaña.

—Yo tampoco me siento bien, Jack. Quítate los anteojos y el pasamontañas, y respira profundo.

—Annie ayudó a su hermano—. ¿Te sientes un poco mejor?

—Sí, un poco... —Jack respiró hondo—. Creo que necesitamos *mucha más* ayuda.

—¿Qué quieres decir? —preguntó Annie.

—Ayuda para evitar mareos por la altitud, para manejar la motonieve, para esquivar las bombas de lava, para encontrar la antigua corona... y, después de todo ¿qué es eso: una *corona antigua*?

—¿Qué sucede, amigos? ¿No vienen? —dijo Nancy, asomándose por la puerta.

—Ay, ay, ay —dijo Annie.

Jack intentó ponerse los anteojos y el pasamontañas, pero era demasiado tarde.

—¿Qué...? ¿Ustedes...? ¡¿Quiénes son...?! —balbuceó Nancy—. ¡No son periodistas! ¡Son niños!

—No te preocupes —dijo Annie, con voz gruesa—. Él es mi hijo.

—¿*Qué?* —preguntó Nancy.

—Es mi hijo, suelo llevarlo conmigo —agregó Annie.

—¿*Tú qué?* —volvió a preguntar Nancy.

—Basta, Annie, nos descubrieron —dijo Jack.

—Bueno, está bien —respondió Annie quitándose los anteojos—. Yo soy Annie y él es mi hermano, Jack.

—¡Me va a dar un ataque al corazón! —dijo Nancy—. ¿Qué hacen aquí dos niños?

—Vinimos a buscar el... —Annie se quedó callada.

Jack sabía que ni su hermana podía explicarle a Nancy la misión para salvar a Merlín.

—¡Esto es increíble! —dijo la guía—. ¡Los llevaré a la estación de inmediato! Sus padres deben estar desesperados. ¡Esto es insólito!

—Todo es culpa nuestra. Nadie te culpará —comentó Jack.

Pero Nancy sacó un aparato de radio.

—¡Pete, responde! ¡Por favor! —dijo hablándole al radio.

—Te escucho, Nancy —dijo él.

—Pete, necesito que vuelvas a buscar a dos de mi grupo, rápido. ¡Son dos niños pequeños!

"¡No tan pequeños!", pensó Jack.

—Repite eso, Nancy —respondió Pete.

—*¡Dos niños pequeños vinieron en el grupo!* —gritó Nancy—. No lo sabía. ¡Es muy difícil de explicar! ¿Puedes volver ya, por favor?

—Por supuesto —contestó Pete—. Tú ve con el resto, yo recogeré a los niños.

—Gracias, se quedarán esperándote en la cabaña, para que los lleves de regreso —agregó Nancy—. Cambio y fuera.

CAPÍTULO SEIS

Si algo se desmorona...

Nancy dejó el equipo de radio y miró a Annie y a Jack.

—¿Cómo lograron que no los descubriera? —preguntó.

—Lo lamentamos —exclamó Annie.

—¡Esto es increíble! —añadió Nancy.

Jack tampoco podía creerlo. Habían estropeado el plan.

—Lamento tanto haberlos traído hasta acá —dijo Nancy.

—Pero, la culpa es *nuestra* —insistió Jack.

—La culpa es mía, solo mía —dijo Nancy—. Ustedes sólo son dos niños pequeños.

"¡No tan pequeños, caramba!", pensó Jack.

Afuera, alguien aturdía a todos, calentando el motor de su motonieve.

—¡Oh, cielos! ¡Si no llevo al grupo por el camino más seguro para subir al cráter, todos estarán en problemas! Pete llegará en unos minutos. ¿Ustedes estarán bien solos?

—Seguro, no te preocupes —contestó Annie.

—¡Bien! —Nancy puso agua en dos vasos y convidó a Annie y a Jack—. ¡Beban esto, pequeños!

Luego, estiró una frazada sobre el piso y encendió el calefactor.

—Acuéstense y descansen —les dijo Nancy.

Annie y Jack se acostaron y ella los cubrió con una manta.

—Si tienen más sed, hay más agua —les dijo.

—Gracias —contestó Annie.

Jack estaba muy avergonzado; no podía decir nada. Se sentía como un alumno de preescolar al que ponen a dormir.

—¡Bueno! —suspiró Nancy—. Casi me da un ataque al corazón.

Y salió de la cabaña.

—Perdón —dijo Jack.

Pero Nancy ya se había ido.

Enseguida, empezaron a oírse los motores de las motos, subiendo por la montaña.

—Esta vez sí que arruinamos la misión —dijo Jack, debajo de la manta.

—Nuestro plan iba tan bien… —agregó Annie, poniéndose de pie—. ¿Me dejas ver la rima de Morgana?

Jack sacó la hoja de pergamino del bolsillo.

—A ver… —Annie empezó a leer en voz alta:

Si algo se desmorona,
pronto verán la Cueva de la Antigua Corona.

—¿Crees que lo que nos ha pasado cuenta como desmoronarse? —preguntó Annie, guardando la rima en el bolsillo.

—No creo —contestó Jack—. No sé lo que significa. Y no hay "antigua corona" en la Antártida.

Aquí todo es ciencia, investigación y reglas y helicópteros y motonieves... La Antártida pertenece al mundo real...

Su voz fue apagándose.

—Al menos sé una cosa: no voy a perder tiempo acostada acá —dijo Annie, apartando la manta de un tirón—. Mientras esperamos por Pete, sacaré unas fotos.

—¿De verdad quieres hacerlo? —preguntó Jack.

—No mucho, pero trataré —respondió Annie.

—No creo que debas —añadió Jack.

—No te preocupes, vendré pronto. Quizá encuentre una antigua corona... —dijo Annie.

—Sí, seguro —contestó Jack.

Annie se puso el pasamontañas y los anteojos y caminó hacia la puerta.

Jack abrió la mochila y sacó el libro para investigar. Se sacó un guante y buscó "Antigua Corona" en el índice. Al no encontrar nada, no se sorprendió.

Guardó el libro y se puso a leer sus notas:

¡Caminar despacio!
¡Ir siempre acompañado!
¡Grietas debajo de la nieve!
¡No tocar la fauna!

Jack volvió a ponerse el guante, tenía la mano congelada. Guardó el cuaderno, se recostó de nuevo y cerró los ojos. Sólo quería dormir. El aire del pequeño calefactor era muy agradable. Con la distancia, el ruido de las motos iba apagándose. Cuando empezaba a dormirse, recordó las palabras de sus notas: *Caminar despacio... Ir siempre acompañado... Grietas debajo de la nieve.*

"¡Ay, no!", pensó, levantándose de golpe. Se colgó la mochila y salió corriendo.

El viento soplaba con intensidad, congelando las nubes. Jack se quitó el pasamontañas y se bajó los anteojos.

—¡Annie! —gritó.

—¿Qué? —Su voz se oyó a lo lejos.

Jack vio a su hermana tratando de fotografiar el cráter humeante desde la ladera de la montaña.

—¡Regresa ahora mismo! —gritó Jack acercándose a Annie—. ¡No debes andar sola!

—Bueno, está bien. —Annie guardó la cámara en el bolsillo.

—Vámonos —Jack agarró a su hermana de la mano y ambos empezaron a caminar hacia la cabaña, bajo la nevada—. ¿Olvidaste lo que dijo Nancy? —preguntó Jack—. Hay profundas grietas en… ¡AHHH!

Antes de que Jack terminara la frase, la nieve cedió debajo de sus pies y ambos cayeron por una grieta escondida en el hielo.

Annie y Jack quedaron parados sobre un saliente angosto. Trozos de nieve les cayeron encima. El silencio invadía el lugar. A diez pies por encima de ellos, vieron un fino rayo de luz que se colaba por la grieta por donde habían caído.

—¿Estás bien? —preguntó Jack.

—Creo que sí —respondió Annie.

Ambos se sentaron lentamente. Annie se asomó por el borde del saliente.

—Ay, mira —dijo.

Jack miró hacia abajo. Él y Annie estaban al borde de un barranco de miles de pies de oscura profundidad.

—Este debe de ser uno de esos lugares escondidos en la montaña de los que Nancy nos habló —comentó Jack—. Esos que tallaron la lava y los gases calientes.

—Es increíble —agregó Annie. Y agarró su cámara fotográfica.

Cuando ella se movió, Jack oyó que el hielo crujía.

—¡Quédate quieta! —dijo él.

Annie se quedó estática.

—Olvídate de las fotos, Annie. Estamos en un peligro muy serio. Si nos movemos, el hielo que está debajo podría romperse y caeríamos miles y miles de pies.

—Entendido —respondió ella, y respiró profundo—. ¿Y si usamos la vara?

—No podemos —contestó Jack—. No funcionará. Sólo debemos usarla para el bien de otros, no para el nuestro.

—Caramba —exclamó Annie.

Por un rato, se quedaron callados, escuchando el profundo silencio que los rodeaba.

—Bueno —dijo Annie—. Como yo lo veo, es que si no usamos la vara nos quedaremos acá para siempre. Tarde o temprano nos moveremos y caeremos.

—Correcto —añadió Jack.

—Merlín jamás tendrá su secreto de la felicidad —comentó Annie—. Irá apagándose de la tristeza. Y Camelot perderá la magia de él para siempre.

—Correcto —contestó Jack.

—O sea que, si nos salvamos a nosotros mismos, no será por *nuestro* propio bien —dijo Annie—. Actuaremos por el bien de *otros*, o sea, por el de Merlín.

—Bien pensado —dijo Jack—. Intentémoslo ya mismo.

Cuidadosamente, se dio vuelta para sacarse la mochila de la espalda. Luego, muy despacio, sacó la Vara de Dianthus.

—Muy bien. Cinco palabras... —susurró—. Creo que voy a pedir que te salve a ti, a Merlín y a mí. Eh, ¿por qué no se nos ocurrió pedir eso mucho antes?

—No se podía, Jack —respondió Annie—. Recuerda que aún no habíamos hecho nuestro mayor esfuerzo.

—Correcto. Prepárate..., Annie. —Jack cerró los ojos, alzó la vara plateada y dijo:

—¡SÁLVANOS Y TAMBIÉN A MERLÍN!

Jack se quedó esperando. Luego, abrió los ojos.

—¿Qué pasó? —preguntó.

—Nada —contestó Annie.

—Creo que no funcionó. —Y se dio vuelta para guardar la vara—. Tal vez las reglas no...

¡CRAC! ¡El hielo se quebró y el saliente cedió!

—¡AHHHH! —gritaron los dos, cayendo del crepúsculo a la oscuridad, hacia abajo,

abajo,

    abajo,

        abajo,

            abajo, a la negrura sin fin.

CAPÍTULO SIETE

El emperador

Jack estaba tendido en la oscuridad con la vara en la mano. Se quitó los anteojos, pero seguía sin ver nada.

—¿Estás ahí? —Era la voz de Annie.

—Sí —contestó él.

—¿Estás bien? —preguntó Annie.

—Sí, pero estamos en un serio problema. Caímos en un agujero negro y la vara no funciona —comentó Jack, tratando de sentarse.

—¿Y si lo intentamos de nuevo? —propuso Annie.

—¿Qué caso tiene? Nunca saldremos de aquí —dijo Jack.

Ambos se quedaron callados.

—Eh, ¡nos estamos moviendo! —comentó Annie.

—¿Qué...? —preguntó Jack.

Sí, *estaban* moviéndose. El hielo que tenían debajo se deslizaba silenciosa y suavemente en la oscuridad.

—¿Qué sucede? —preguntó Jack.

—Quizá no estamos en un agujero —añadió Annie—. Mira, más adelante hay luz.

A lo lejos se veía un destello tenue. A medida que avanzaban, la luz se hacía más y más fuerte. De golpe, salieron de un oscuro túnel hacia una luz deslumbrante.

Jack notó que estaban sobre un bloque de hielo, bajando por un río angosto.

—¡Estamos en una balsa de hielo! —exclamó Annie.

—¿Qué pasa? —preguntó Jack.

—No lo sé —contestó ella—. Pero me parece que la vara sí funcionó.

La balsa de hielo flotaba entre la luz y la sombra, junto a altos riscos congelados. Luego, se deslizó hacia un arco en una de las paredes del risco.

—¿Hacia dónde vamos? —preguntó Jack.

La balsa atravesó el arco y entró en una inmensa caverna que se veía como una catedral congelada, con paredes de hielo que parecían de plata.

—¡Oh! —exclamó Annie.

—¿Qué es esto? —preguntó Jack.

—No lo sé, lo que sí sé es que la vara funcionó —dijo Annie.

Mientras avanzaban por un río angosto, iban atravesando más arcos de hielo y salientes irregulares. Jack sentía que los observaban. Creía oír susurros y respiración fuerte.

—¡*Mira!* —dijo Annie, señalando una de las aberturas de la caverna.

Sobre el saliente de la entrada, había dos pingüinos, iguales a los pingüinos emperador que Annie y Jack habían visto.

Para ver mejor, se pusieron de pie. Mientras avanzaban hacia el saliente, uno de los pingüinos entró en la caverna. El otro no se movió.

—*¡Mira!* —exclamó Jack.

El pingüino llevaba puesta una corona brillante.

—La *antigua corona* —susurró Jack—. ¡La encontramos!

Annie se quedó callada y sonriendo. La balsa de hielo se acercó más y más al pingüino emperador, hasta que, de golpe, se detuvo contra el saliente.

—Hola —dijo Annie.

El animal murmuró suavemente. Aunque él no se comunicaba como los humanos, Annie y Jack, de alguna manera, entendieron cada palabra: *Bienvenidos a la Cueva de la Antigua Corona.*

Annie se inclinó hacia adelante. Jack hizo lo mismo. El pingüino se veía tan imponente.

—*Vengan* —El emperador habló nuevamente, moviendo una de las aletas.

Annie se bajó de la balsa de hielo y entró en la cueva, detrás del emperador. Jack guardó la Vara de Dianthus y, con cuidado, se colgó la mochila para cruzar sin caerse.

—¡Apúrate! —dijo Annie, sacando la cabeza por la entrada de la cueva.

—¡Ya voy! —contestó Jack, parándose sobre el saliente.

La Cueva de la Antigua Corona brillaba. Había carámbanos colgando por todos lados y columnas de hielo que resplandecían con una luz azul. De atrás de las columnas, venía una música extraña. Annie y Jack jamás habían escuchado algo así. Parecía el tintineo de campanillas de cristal.

El emperador llevó a Annie y a Jack hacia las columnas.

—Cielos —exclamó Annie.

Sobre una brillante pista congelada, un montón de pingüinos bailaban en pareja. Luces azules y rosadas iluminaban los movimientos de los bailarines. Algunos bailaban en silencio con los ojos cerrados. Otros juntaban los picos. Unos más pequeños danzaban en grupo, saltando y patinando sobre el hielo.

—¿E-Esto es cierto? —tartamudeó Jack.

—No preguntes —respondió Annie—. Es magia.

Cuando los pingüinos notaron la presencia de Annie y Jack, en el salón de baile se elevó un murmullo. La música siguió sonando, pero todos dejaron de bailar. Sin embargo, ningún pingüino parecía alarmado. Todos miraban a los visitantes, serena y amistosamente.

El emperador les habló a Annie y a Jack:

—*Nos enteramos de que ustedes salvaron a uno de los nuestros. Teníamos muchos deseos de conocerlos.*

Desconcertado, Jack miró a Annie.

—Fue cuando recién llegamos, ¿lo recuerdas? —susurró ella.

—Ah, sí —contestó Jack.

Se había olvidado del rescate del pequeño pingüino, de las garras del petrel.

—*Quédense con nosotros todo el tiempo que quieran* —dijo el emperador—. *Son miembros honorables de nuestra tribu.*

—Gracias —contestó Annie—, pero no podemos quedarnos. Vinimos a la Antártida en busca de uno de los secretos de la felicidad.

—Sí, necesitamos conocer un secreto de la felicidad para salvar a nuestro amigo Merlín que está muy triste —agregó Jack.

Decirles la verdad a los pingüinos parecía algo natural. Ellos vivían en un mundo tan mágico como el de Camelot.

Los pingüinos empezaron a murmurar y susurrar entre ellos. Jack no podía entender qué se decían. De la multitud, salió un pingüino bebé, el más pequeño de la tribu.

—Ah, mira… —suspiró Annie.

Jack sonrió de oreja a oreja. El pequeño era una bola de plumas grises, con ojos grandes y negros. Incluso, era más diminuto que el pingüino que habían salvado del petrel. El bebé pingüino, contoneándose, se acercó al emperador.

—*Pi, pi* —exclamó.

El emperador bajó la mirada.

—*Pi, pi.*

—*Quiere irse con ustedes* —dijo el emperador—. *Desea ayudar a Merlín.*

—Pero, ¡es tan pequeño! —agregó Annie—. ¿Y sus padres?

—*Es huérfana* —contestó el emperador—. *Sus padres murieron en una tormenta terrible. Pero es muy valiente, es muy alegre. Estoy seguro de que le brindará mucha felicidad a Merlín.*

—Gracias —dijo Annie, mirando al pequeño animal. Luego, se puso a acariciarle la cabeza—. ¡Ay, es tan suave!

Jack le acarició la cabeza a la pequeña y ella lo miró con sus grandes ojos. Él sintió una oleada de ternura, no podía creer que el animal fuera huérfano. Los ojos de Jack se llenaron de lágrimas, pero, para evitarlas, parpadeó con fuerza. Luego, se aclaró la garganta.

—Gracias, Penny —dijo.

Annie se rió. Jack no podía creer que le había dado un nombre a la pequeña. Usualmente, era Annie quien les ponía nombres a los animales.

—*Pi* —exclamó Penny.

—*Quiere que la alces* —dijo el emperador.

—Ah, claro —respondió Jack agachándose y extendiendo los brazos. Penny se acurrucó contra el abrigo de Jack.

—*¡Pi, pi!*

Jack se rió, alzó a la pequeña y la abrazó con fuerza.

El emperador miró a su tribu y dijo algo que Jack no pudo entender. Los pingüinos se separaron, formando un camino. El emperador les hizo una seña a Annie y a Jack.

—*Ahora, debemos irnos* —propuso.

Cuando los tres empezaron a caminar, todos los pingüinos empezaron a aplaudir, golpeando las aletas contra el cuerpo.

—¡Adiós! —les dijo Annie a todos.

Jack sonrió y saludó.

—*¡Pi, pi!* —exclamó Penny.

La música fue volviéndose más y más suave. Annie y Jack siguieron al emperador hacia la entrada de la cueva.

El enorme pingüino los acompañó hasta el saliente.

—*Gracias por su ayuda* —dijo.

—Gracias a ti por dejar que Penny venga con nosotros —añadió Annie.

—Prometemos cuidarla mucho. Se la llevaremos a Merlín —comentó Jack.

El emperador tocó la cabeza mullida de la pequeña con la punta de la aleta. Acercándose a ella, le susurró algo al oído.

—*Pi* —contestó Penny.

El emperador miró a Annie y a Jack. En silencio, se inclinó ante ellos, y ellos ante él. Luego, entró en la Cueva de la Antigua Corona.

Jack suspiró. Por un instante, odió tener que dejar el mundo encantado de los pingüinos.

—Ay, tiene frío, Jack —comentó Annie.

Él miró a Penny. La pequeña temblaba como una hoja.

—Métela adentro de tu abrigo —dijo Annie

Jack se bajó el cierre del abrigo y, con cuidado, acomodó a la pequeña contra su pecho. Luego, muy despacio, volvió a subirse el cierre.

—Perfecto —exclamó Annie—. Sólo asegúrate de que respire bien.

—No te preocupes —contestó Jack, palmeando su abrigo—. La cuidaré bien.

—¿Tú crees que podremos usar la vara para regresar? —preguntó Annie.

—No lo creo —contestó Jack—. Y no se me ocurre ninguna otra cosa.

—¿Y si le pedimos que nos lleve a la casa del árbol? —sugirió Annie—. ¿O a Frog Creek? ¿O a Camelot?

—No, primero tenemos que volver al monte Erebus —contestó Jack—. Si Nancy descubre que Pete nunca nos llevó de regreso, le va a dar un ataque *de verdad*.

—Tienes razón —exclamó Annie—. Entonces, va a ser mejor que nos pongamos los anteojos y el pasamontañas.

Jack hizo lo mismo.

—Saca la vara de mi mochila —dijo.

Annie abrió la mochila y sacó la Vara de Dianthus.

—Bien, ¿estás listo?

Jack palmeó el abrigo, dándole ánimo a Penny.

—Bienvenida a la aventura, pequeña —dijo.

Annie alzó la vara y dijo:

—¡LLÉVANOS DE REGRESO CON NANCY!

En menos de un segundo, Annie, Jack y Penny aparecieron sobre la ladera del monte Erebus.

CAPÍTULO OCHO

Una buena historia

El helicóptero y las motonieves estaban estacionados en la ladera. Los científicos y los periodistas conversaban con Pete y Nancy.

—¡Ay, no! —exclamó Annie, agarrando a Jack—. ¿Qué hacemos con Penny? ¡Se supone que no podemos tener un pingüino! ¡Nos la quitarán!

Jack abrazó su abrigo, protegiendo a Penny.

—La esconderé —dijo—. ¡Tenemos que llevársela a Merlín!

Jack oyó un grito y se dio vuelta. Nancy corría hacia él haciendo señas.

—¡Eh, ustedes dos ! —gritó. Abrazó a Annie y después a Jack.

Él, para no aplastar a Penny, se quedó inmóvil.

—*Pi, pi.*

—¡Achís! —Jack, desesperado, estornudó alejándose de Nancy. Hizo que su estornudo sonara parecido al sonido que emitía Penny.

—¡Miren! ¡El helicóptero acaba de llegar! ¡Pete se retrasó por la borrasca! —dijo ella—. ¿Adónde fueron? ¿Están bien? ¡Casi muero del susto!

—No te preocupes, estamos bien —contestó Annie.

—Sí, muy bien. Ni siquiera un poco mareados. Necesitábamos aire fresco. ¡Ya estamos listos para irnos! —dijo Jack y empezó a caminar hacia el helicóptero.

Annie se agarró del brazo de Nancy y caminó con ella.

—¿Se divirtieron en la montaña? ¿Qué hicieron? ¿Qué vieron? —preguntó Annie, tratando de que Nancy se alejara de Jack.

—Vimos muchas cosas, pero estuve preocupada por ustedes todo el tiempo —dijo Nancy—. ¡Sus padres deben de estar desesperados!

—Fueron de excursión a ver a los pingüinos —comentó Annie.

—*Pi, pi.*

—¿Qué fue eso? —preguntó Nancy.

Jack volvió a imitar un estornudo.

—¿Seguro que estás bien, Jack? —preguntó Nancy.

—Sí, perfecto —contestó él.

Cuando Jack se acercó al grupo, todos empezaron a aplaudir. Seguro que Nancy les dijo que somos niños, pensó él.

—¡Me alegro tanto de que estén a salvo, jovencito! —dijo Ali, el biólogo, palmeando la espalda de Jack.

Penny pió y Jack estornudó.

—¡Qué pena que no hayan podido subir a la cima! —comentó Kim, la fotógrafa.

—No hay problema —contestó Annie—. Ya tenemos una buena historia.

—¿De veras? —preguntó Lucy, la científica espacial.

—¡Sí, y *muy* buena! —añadió Annie.

—Bien, pero no se lo digan a nadie, o uno de nosotros podemos robar su historia —dijo Tony, el periodista, riendo.

—Sí, la mantendremos en secreto —respondió Annie, sonriente.

Pete abrió la puerta del helicóptero.

—Los niños valientes primero —dijo Nancy.

"¡Oh, cielos!", pensó Jack.

Annie y él siguieron a Nancy hacia el helicóptero. Subieron por los escalones y se ubicaron en los asientos.

Cuando el resto subió, Jack aflojó más el cinturón de seguridad para abrocharlo sin aplastar a Penny.

—*¡Pi, pi!*

Jack tosió con fuerza, pero cuando Pete encendió el motor y las aspas empezaron a girar, se sintió aliviado.

—¡Auriculares! —gritó Nancy.

Todos se los pusieron.

Nancy miró a Annie y a Jack y, sonriendo, levantó el pulgar mientras el helicóptero levantaba vuelo sobre la ladera de la montaña.

—Los atardeceres primaverales en la Antártida son preciosos —dijo Nancy a todos los pasajeros.

Jack miró por la ventanilla. El cielo tenía un color lavanda, con pinceladas color rosa.

—Esta luz siempre me hace recordar que estamos en otro mundo, muy diferente al de casa —dijo Nancy.

Annie y Jack se miraron y sonrieron. Si los demás supieran cuántos mundos había en realidad.

El helicóptero se elevó por el cielo frío, tenuemente iluminado,

por encima de la montaña humeante,

dejando atrás el gran lago de lava roja,

y por encima de campos de hielo y nieve,

hasta que, finalmente, aterrizó cerca del autobús rojo.

Cuando las aspas se detuvieron, Pete dio la esperada señal. Annie y Jack se bajaron del helicóptero, detrás de Nancy y los demás.

Jack, con Penny dentro de su chaqueta, subió al autobús. Él y Annie se sentaron atrás para evitar ser descubiertos.

Nancy se ubicó en el asiento del chofer y encendió el motor. De a ratos, Jack le echaba ojeadas a Penny. Ella lo miraba y, a veces, pestañeaba, como si estuviera un poco preocupada. Jack empezó a acariciarla, suavemente, hasta que cerró los ojos y se quedó dormida.

Con Penny acurrucada contra el pecho, Jack fue olvidando las preocupaciones del día: su miedo a caer en el lago de lava, su terror por el mal de la montaña, su vergüenza al ser descubierto por Nancy. Lo que sentía por aquel pingüino huérfano había borrado todos sus temores y confusiones.

Cuando el autobús llegó a la estación, Annie y Jack esperaron para bajar de últimos. Aprovecharon mientras el grupo conversaba y comenzaron a alejarse.

—¡Ya nos vamos, Nancy! ¡Adiós! —dijo Annie— ¡Adiós a todos!

—¡Gracias por todo! —gritó Jack.

—¡De eso nada! —exclamó Nancy, agarrándolos de las mangas—. No voy a permitir que se vayan, no hasta que se los entregue a sus padres yo misma.

—Pe-pero... ellos están en la excursión —dijo Annie.

—Entonces, los llevaré hasta donde se hospedan, vamos —dijo Nancy, agarrándolos de las mangas y dirigiéndose hacia unos edificios—. Seguro ustedes se están hospedando en el centro de fauna silvestre, ¿verdad?

—Eh…, sí —afirmó Annie.

Nancy llevó a Annie y a Jack a uno de los edificios.

—Bueno, han llegado sanos y salvos.

—¡Gracias, Nancy! —exclamó Annie sintiendo un gran alivio.

—¡Adiós! —dijo Jack, desesperado por liberarse de Nancy.

—Esperen… —agregó ella.

"Ay, no, y ahora, ¿qué?" —pensó Jack.

—No puedo quedarme tranquila, amigos —añadió Nancy—. ¿Sus padres están con los pingüinos? Vamos, quiero la verdad.

Annie resopló.

—Está bien, la verdad es que Jack y yo vinimos a la Antártida en la casa del árbol…

—¡Annie! —dijo Jack.

Pero ella siguió hablando.

—La casa es de Morgana le Fay, de Camelot. Ella quiere que encontremos el cuarto secreto de la felicidad para el mago Merlín, que está muy triste. No bien dejemos la Antártida, iremos a darle ánimo.

Nancy se quedó mirando a Annie. Jack, aterrado de que a Nancy le diera, finalmente, un ataque, ni abrió la boca.

Pero ella sacudió la cabeza y se echó a reír.

—¿De dónde sacas *eso?* —preguntó Nancy—. ¡Ay, son tan simpáticos! ¿Cómo se les ocurrió esta historia? Ahora, en serio, díganme la verdad.

—Bueno... —comenzó a decir Jack.

—¡Mira! —dijo Annie—. ¡Mamá! ¡Papá!

—¿Qué? —preguntó Jack.

—¡Allá están! —dijo Annie, señalado una pareja, enfundada en abrigos rojos, con anteojos para nieve y pasamontañas.

—¡Ah..., sí! —exclamó Jack—. ¡Mamá! ¡Papá!

La pareja siguió caminando y desapareció detrás de los muros.

—¡No nos oyeron! —dijo Annie—. ¡Será mejor que nos apuremos! Si no nos ven, se preocuparán. ¡Adiós, Nancy! ¡Gracias por todo!

—¿Vienes a tomar café, Nancy? —gritó Tony, parado junto al autobús.

—Anda, Nancy. Estaremos bien —dijo Annie.

—De acuerdo —contestó ella, suspirando—. ¡Adiós, jovencitos! ¡Vayan con sus padres!

—¡*Pi, pi!*

Jack estornudó.

—¡Y cúrate ese resfrío, Jack! —aconsejó Nancy.

—¡Lo haré, descuida! —contestó él.

Annie y Jack corrieron hacia el hospedaje. Luego, se detuvieron detrás de una pared y espiaron a Nancy, que se alejaba con Tony.

—Ya vámonos —dijo Jack.

Él y Annie se alejaron rápidamente de la Estación McMurdo.

Jack abrazaba su abrigo a medida que cruzaban por la ladera nevada y corrían hacia el acantilado, cercano a la costa.

La casa del árbol seguía allí, debajo del saliente de hielo. Annie entró por la ventana y Jack la siguió con cuidado, para que Penny no se cayera.

Luego, Annie sacó la rima de Morgana del bolsillo y leyó la última parte:

Luego, rápido a Camelot, llegando el final del día,
que Merlín no pierda la vida por falta de alegría.

—¡Vamos! ¡Merlín nos espera! —dijo Jack.

Annie señaló la palabra Camelot y, en voz alta, dijo:

—¡Deseamos ir a este lugar!

Un destello de luz...

Una ráfaga de viento...

Un trueno ensordecedor...

Y, al instante,

estaban *ahí*.

CAPÍTULO NUEVE

Penny y Merlín

—*P* *i, pi.*

Penny asomó la cabeza. Annie y Jack llevaban puesta su ropa habitual: jeans, chaqueta, gorro y bufanda. El equipo para nieve de la Antártida había desaparecido.

—Estamos en Camelot —dijo Annie, mirando por la ventana.

Jack sacó a Penny de su chaqueta y la llevó junto a Annie, para que desde allí pudiera ver el castillo del Rey Arturo.

La casa del árbol había aterrizado en la copa de un manzano, en un huerto de árboles frutales. A lo lejos, bajo el cielo crepuscular, se veían las torres de un castillo. Varios caballeros, montados sobre sus caballos, se alejaban del lugar.

—¡Annie! ¡Jack!

Teddy y Kathleen se acercaron, corriendo entre los árboles, pisando manzanas y hojas doradas.

Annie y Jack los saludaron.

—Ay, creo que... —comentó Jack—, nos olvidamos del cuarto secreto.

—¿Qué quieres decir? —preguntó Annie—. El secreto es Penny.

—Creo que no —añadió Jack—. ¿Recuerdas que Leonardo da Vinci dijo que los secretos de la felicidad debían ser para todos? No toda la gente puede tener su propio pingüino bebé.

—Es cierto —agregó Annie.

—¡Annie! ¡Jack! ¡Vengan! —dijeron Teddy y Kathleen desde abajo.

—¡Sí, enseguida! —contestó Annie.

Jack acomodó a Penny dentro de su chaqueta. Luego, con mucho cuidado, bajó por la escalera colgante, siguiendo a su hermana.

—¡Oh! ¿Qué han traído? —preguntó Kathleen.

Penny se había asomado otra vez.

—Es un pingüino bebé para Merlín —contestó Annie.

—¡Qué hermosura! —dijo Kathleen.

—¡Sí, de verdad! —Teddy se puso a acariciar a Penny.

—*Pi, pi.*

—Ella quiere ayudar a Merlín —comentó Annie.

—Entonces, vayamos ahora mismo a verlo —sugirió Teddy—. ¡Sígannos!

Annie y Jack siguieron a sus amigos entre los árboles, hacia una pequeña cabaña de madera al costado del huerto.

—¿Merlín está *ahí*? —preguntó Jack.

—Esta es la casa que siempre amó desde niño —explicó Teddy—. Morgana pensó que aquí encontraría consuelo, pero parece que sólo halló más pena. No come nada y hace días que no habla.

Teddy abrió la puerta de la cabaña e hizo pasar a Annie y a Jack.

Morgana estaba sentada junto a la cama de Merlín. Por la ventana asomaba un rayo mortecino que descansaba sobre la cara del mago. Él estaba acostado, inmóvil, con los ojos cerrados y las manos cruzadas sobre el pecho.

Jack sintió escalofríos. Merlín se veía casi sin vida.

Morgana se dio vuelta. También se la veía cansada, pero cuando vio a los niños, se le iluminó la cara.

—¡Gracias a Dios que han venido! —dijo.

Annie se acercó a Morgana y la abrazó. Jack dio un paso, con Penny en los brazos.

—Mira, la trajimos para Merlín —susurró él.

—¡Oh! —exclamó Morgana y, suavemente, acarició al pequeño pingüino—. ¡Es hermosa, de verdad! ¡Gracias por traerla!

Luego, se volvió hacia el mago.

—¿Merlín? ¡Annie y Jack, de Frog Creek, están aquí y desean hablar contigo!

Annie dio un paso hacia adelante. Jack se quedó más atrás, con Penny.

—¡Hola, Merlín! —dijo Annie—. ¿Cómo estás?

El mago permaneció con los ojos cerrados, pero movió la cabeza.

—Trajimos cuatro secretos de la felicidad para compartirlos contigo —agregó Annie. Abrió la mochila de Jack y sacó el poema que habían traído del antiguo Japón.

—Escucha, éste es un poema de un hombre llamado Basho. —Annie comenzó a leer:

Un viejo estanque:
una rana que salta...
el sonido del agua.

—Para él, el secreto de la felicidad es contemplar las cosas pequeñas de la naturaleza —explicó Annie.

Muy despacio, Merlín inclinó la cabeza.

—Naturaleza —dijo, con voz áspera.

—Así es. Y también te trajimos esto —dijo Annie, sacando el dibujo del ángel hecho por

Leonardo da Vinci.

—Es un ángel. Lo dibujó un gran genio llamado Leonardo da Vinci —añadió Annie sostenién-
dolo frente a la cara de Merlín.

Merlín entreabrió los ojos y miró el dibujo.

—¿No es bello? —preguntó Annie—. El secreto de la felicidad de Leonardo era su gran curiosidad por todo: ángeles, arte, narices, plumas, flores,
volar como los pájaros. Cada vez que aprendía
algo nuevo, se sentía feliz.

—Curiosidad. —Merlín suspiró contemplando
el boceto.

—Aquí está el tercer secreto —dijo Annie,
sacando de la mochila de Jack la concha de nauti-
lo, que les habían dado en el viaje a la profundidad
del mar.

—En esta concha vivía una criatura marina
muy pequeña —comentó Annie—. Un científico
oceánico nos dijo que uno de los secretos de la felicidad es ser compasivo con todos los seres vivos
de la naturaleza, desde una pequeña concha hasta
un pulpo gigante.

Merlín extendió la mano y agarró la concha encerrándola en sus manos.

—Compasión —dijo suspirando, con los ojos cerrados.

"Tal vez, Merlín no vaya a mejorar", pensó Jack con tristeza.

—Jack, entrégale a Penny ahora —susurró Annie.

Él dio un paso hacia adelante, saliendo de la oscuridad.

—Merlín —dijo—, no sabemos cuál es el cuarto secreto, pero queremos darte algo más.

El mago miró a Jack.

—Se llama Penny —le dijo Jack mostrándole al pingüino.

Merlín, confundido, se quedó mirando a la pequeña.

—Es huérfana —dijo Jack—. Sus padres desaparecieron en una tormenta muy fuerte en la Antártida.

—Es muy pequeña —agregó Merlín, con voz ronca.

—Sí, y quiere vivir contigo —comentó Annie con entusiasmo.

—El emperador de la Cueva de la Antigua Corona desea que tú la cuides —agregó Jack—. Dice que Penny es una chiquilla muy alegre y valiente.

Jack dejó a Penny en el suelo. Allí, se veía más frágil y pequeña.

—Vamos, Penny, ve con Merlín —la animó Jack tocándola suavemente.

Penny caminó hacia el mago, balanceándose con las alas extendidas, para no perder el equilibrio. Se detuvo delante de él. Por un momento, ambos se miraron. La expresión en la cara de Merlín no cambió.

—*¡Pi, pi!* —exclamó Penny—. *¡Pi, pi!*

En ese momento su cara sí se transformó. Al principio su sonrisa se convirtió en una risa parecida a una tos, como si no hubiera reído en mucho tiempo. Pero después, sólo se oyeron más y más carcajadas. Merlín se puso de pie y alzó a Penny en los brazos.

El mago acurrucó a la pequeña junto al pecho, apretándola contra su larga barba blanca. En el rostro de Merlín apareció una sonrisa cálida y serena.

—Tu destino es cuidar de ella, Merlín —dijo Morgana—. Te la envió el emperador de la Cueva de la Antigua Corona. Él es muy sabio.

Merlín asintió con la cabeza. Luego, acunando a Penny, caminó hasta la entrada de la cabaña y miró hacia afuera.

—El aire huele a leña y a manzanas maduras —dijo.

—Sí, mi viejo amigo, así es —agregó Morgana, secándose las lágrimas.

Merlín se dio vuelta y miró a Annie y a Jack con ternura.

—Gracias por traerla. ¿Cómo era su nombre? —preguntó.

—Penny —contestó Annie.

—Ah, sí, *Penny*… eres para mí. Y muchas gracias por los otros obsequios. Jamás olvidaré los secretos que han compartido conmigo —dijo Merlín.

—De nada —respondieron Annie y Jack.

Pi, pi.

—Sí, sí —murmuró el mago, mirando a Penny—. Te quedarás conmigo y seremos muy felices. Ahora, vayamos al huerto, está saliendo la luna, quiero que la veas.

Merlín puso a Penny en el suelo. La pequeña, con pasos cortos y ligeros, acompañó al mago por el huerto. Así, ambos caminaron entre los árboles, mientras la luna se elevaba sobre el reino de Camelot.

CAPÍTULO DIEZ

El secreto

—Bien hecho —dijo Teddy.

—Así es —agregó Kathleen, sonriéndoles a Annie y a Jack.

—Gracias por los cuatro secretos —añadió Morgana sonriente.

—De nada —contestó Annie—. Pero la verdad es que no estamos muy seguros de cuál es exactamente el cuarto secreto.

—Le dije a Annie que el secreto no puede ser Penny, porque en nuestro mundo se prohíbe tener pingüinos como mascotas —explicó Jack.

—Eso es verdad —dijo Morgana—. Pero la gente siempre puede cuidar de alguien, o de algún animal que lo necesite.

—Entonces, ¿el secreto es ese? —preguntó Annie.

—Amar y cuidar a otro da mucha felicidad —respondió Morgana—. Los otros secretos también sirven para que no estemos tan pendientes de nosotros mismos. De esa forma, nos es más fácil apreciar todo lo que nos ofrece el mundo.

—Sí, cuidar a Penny me ayudó a no estar pensando en el millón de preocupaciones que tenía —comentó Jack.

—Sé que la extrañarás, pero imagino que volverás a verla algún día —añadió Morgana.

—Entonces, ¿iremos a otra misión pronto? —preguntó Annie.

—Regresen a casa, descansen y pronto enviaré a buscarlos —respondió Morgana.

—¿Podría ser pronto, pronto? Nos aburre descansar mucho —comentó Annie.

Morgana se rió.

—Ya veremos —dijo.

—Ah, antes de que nos vayamos, quiero sacarles una foto a los tres —agregó Annie—. Es para mi proyecto escolar de la familia. Eso es lo que ustedes son para mí, mi familia. Miren hacia acá, por favor. ¡Sonrían! —dijo Annie, mirando a Teddy, Kathleen y Morgana a través de la lente de su cámara.

—¿Qué haces? ¿Qué es eso que tienes en la mano? —preguntó Teddy.

—Es una cámara fotográfica —dijo Annie—. ¡Vamos, sonrían! ¡Digan "chin, chin"!

—¿Chin, chin? ¿Por qué "chin, chin"? —preguntó Teddy.

¡Clic! ¡Flash!

—Listo. —Annie guardó la cámara en el bolsillo.

—¿Qué fue eso? ¿Qué es lo que hiciste? —insistió Teddy.

—Es difícil de explicar —contestó Jack—. Es una magia especial del lugar del que venimos.

—¡Bueno, adiós! —dijo Morgana sonriendo—. Que tengan buen viaje hacia el encuentro con su familia.

—Gracias —dijo Jack.

—Nos veremos pronto... *muy* pronto, ¡por favor! —añadió Annie.

—¡Ese es nuestro deseo, también! —agregó Teddy.

—¡Adiós! —dijo Kathleen.

Annie y Jack atravesaron el jardín y regresaron a la casa del árbol rápidamente.

Subieron por la escalera colgante. Jack agarró el libro de Pensilvania y lo abrió en la página del bosque de Frog Creek.

—¡Espera, ahí están Merlín y Penny! ¡Mira! —Annie señaló a sus amigos a la distancia. Estaban caminando por el jardín.

—Ahora también son una familia, sólo que muy pequeña —comentó Jack.

—Sí, es verdad. Voy a sacarles una foto —dijo Annie, enfocando a Merlín y a Penny—. Bueno, ahora sí, a casa —agregó con un suspiro.

—Adiós, Penny —dijo Jack, tiernamente. Después, señalando el dibujo de Frog Creek agregó—: ¡Deseamos ir a este lugar!

El viento empezó a soplar.

La casa del árbol empezó a girar.

Más y más rápido, cada vez.

Después, todo quedó en silencio.

Un silencio absoluto.

—Ya estamos en casa —dijo Annie—. ¡Qué viaje más fantástico!

Ella y Jack se encontraban nuevamente en el bosque de Frog Creek.

—Sí, ojalá veamos a Penny en la próxima misión —agregó Jack.

—Si vemos a Merlín, seguro la veremos a ella. Ya son un equipo —comentó Annie—. Bueno, al menos tengo una foto de ambos, y de Teddy, Kathleen y Morgana.

Annie cogió la cámara y presionó el botón que muestra las fotos.

—¡Ay, no! ¡No puedo creerlo! —dijo.

—¿Qué pasa? —preguntó Jack.

—¡No tengo ninguna foto! —dijo Annie—. ¡Ni

de la Antártida! ¡Ni de Merlín, ni de Morgana, ni de los pingüinos!

—¿En serio? —preguntó Jack—. Quizá no puedes quedarte con las fotos que tomas en un viaje mágico.

—Creo que tienes razón. Sólo tengo una, la que saqué antes de salir de casa. —Annie le mostró la cámara a Jack; era una foto de él, con una gran sonrisa.

—Fue cuando vi el rayo de luz sobre el bosque; era la señal de que la casa del árbol había vuelto —dijo Jack.

—Bueno, al menos, pude capturar ese momento —dijo Annie suspirando.

—Sí —dijo Jack.

Dejó el libro de la Antártida en el piso de la casa del árbol y se colgó la mochila. Luego, bajó por la escalera colgante. Annie lo siguió. Mientras avanzaban pisando las hojas secas, empezó a oscurecer. Jack comenzó a sentir hambre y frío.

—Entonces, ya sabemos que el cuarto secreto es *cuida al que te necesita* —comentó Annie—.

Creo que eso encierra muchas cosas: una persona triste, un bebé, un cachorro o un nuevo compañero de escuela...

—Ajá... Y también puede funcionar al revés —agregó Jack.

—No entiendo, ¿qué quieres decir? —preguntó Annie.

—Quiero decir que puedes hacer feliz a alguien dejando que esa persona te cuide a *ti* —dijo Jack sonriendo.

—Ah, claro, mamá y papá son felices cuidándonos a nosotros —dijo Annie.

—Diciéndonos que nos pongamos guantes y bufandas —agregó Jack.

—Haciéndonos la cena —añadió Annie.

—O cuando nos dicen que lleguemos antes del anochecer —dijo Jack.

—Será mejor que nos apuremos —sugirió Annie.

—Eso, hagamos felices a nuestros padres —dijo Jack riendo.

—¡Dejando que nos cuiden! —agregó Annie.

El viento sacudió las ramas de los árboles y más hojas cayeron en la tierra. En el cielo, los gansos graznaban. Annie y Jack se apuraron para llegar a casa, en el frío crepúsculo de noviembre.

Más información acerca de la Antártida

- La Antártida es el quinto continente más extenso del mundo.

- Su territorio ocupa una superficie superior a los cinco millones de millas cuadradas.

- Casi todo el continente está cubierto de hielo.

- El noventa por ciento del hielo mundial se encuentra en la Antártida.

- Durante el invierno, el mar se congela y el continente aumenta su superficie.

- En esta estación del año el hombre no puede llegar a buena parte del continente.

- El monte Erebus, el volcán más activo de la Antártida, tiene erupciones a diario.

- El nombre de esta montaña deriva de la mitología griega. Erebus, hijo de Caos, era el dios de la oscuridad, estado en el que se encuentra la Antártida la mayor parte del año.

- Este continente fue descubierto hace menos de doscientos años.

- En el siglo XX, representantes de distintos países construyeron más de cuarenta bases de investigación permanentes.

- Hace más de cincuenta años, funciona un centro de investigaciones estadounidense, llamado Base McMurdo.

Más información acerca de los pingüinos

- En la Antártida hay seis tipos de pingüinos: los adelaida, papúa, barbijo, rey, macaroni y emperador.

- El emperador, capaz de soportar las temperaturas más bajas, es el único que puede invernar en el continente.

- Durante el invierno, miles de ejemplares de esta especie se adentran en la Antártida y crean colonias. Luego de que la hembra pone su huevo, regresa al norte, en busca de alimento para su cría.

- En ausencia de su pareja, el macho protege el huevo de la inclemencia climática. Durante dos meses, todos los machos se juntan para hacerle frente al feroz viento. En cuanto las hembras regresan, los machos se dirigen al mar para alimentarse.

¡Si quieres divertirte,
voltea la página!

Receta científica

Cuando un líquido se enfría lo suficiente, se congela y se solidifica. Y los científicos de la Antártida, obviamente, conocen mucho acerca del tema. Allí, están rodeados de hielo, o sea, de agua congelada.

Adivina qué nombre se le da a la leche cuando se enfría tanto que pasa a un estado sólido suave. ¡Helado!

El helado se derrite en la boca al entrar en contacto con el calor; pasa de sólido a líquido.

Si lo deseas, puedes ver estos cambios de estados en tu cocina. Pídele a un adulto que te ayude con todo lo necesario. Si quieres que tu helado sea de chocolate, en vez de usar extracto de vainilla, utiliza sirope de chocolate.

Helado

Ingredientes:

- ½ taza de leche
- Una cucharada de azúcar
- ¼ de cucharadita de extracto de vainilla

- Hielo picado
- 6 cucharadas de sal de roca (no usar sal de mesa)
- Bolsa ziploc de 1 pinta
- Bolsa ziploc de 1 galón

1. Mezcla los tres primeros ingredientes en un bol.
2. Coloca la mezcla en la bolsa de 1 pinta y ciérrala.
3. Llena la bolsa de 1 galón con hielo, hasta la mitad. El hielo picado es mejor. Si sólo tienes cubos, pídele a un adulto que los pique en una licuadora.
4. Agrega la sal de roca. (Nota: Puedes conseguirla en una tienda de comestibles).
5. Pon la bolsa pequeña adentro de la bolsa más grande y sella la bolsa grande.
6. ¡Agítala durante diez minutos! Asegúrate de que las bolsas no se rompan.
7. Retira la bolsa pequeña de la grande. Pon la crema helada en un bol y ¡a disfrutar!

Mary Pope Osborne

Es autora de numerosas novelas, libros ilustrados, colecciones de cuentos y libros de no ficción. Su colección La casa del árbol ha sido traducida a muchos idiomas en todo el mundo, y es ampliamente recomendada por padres, educadores y niños. Estos libros permiten a los lectores más jóvenes, el acceso a otras culturas y distintos períodos de la historia, así como también, el conocimiento del legado de cuentos y leyendas. Mary Pope Osborne y su esposo, el escritor, Will Osborne, autor de *Magic Tree House: The Musical,* viven en Connecticut, con sus tres perros. La señora Osborne es coautora de Magic Tree House® Fact Trackers, con Will y su hermana, Natalie Pope Boyce.

Sal Murdocca es reconocido por su sorprendente trabajo en la colección La casa del árbol. Ha escrito e ilustrado más de doscientos libros para niños, entre ellos, *Dancing Granny*, de Elizabeth Winthrop, *Double Trouble in Walla Walla*, de Andrew Clements y *Big Numbers*, de Edward Packard. El señor Murdocca enseñó narrativa e ilustración en el Parsons School of Design, en Nueva York. Es el libretista de una ópera para niños y de algunos cortometrajes. Sal Murdocca es un ávido corredor, excursionista y ciclista. Ha recorrido Europa en bicicleta y ha expuesto pinturas de estos viajes en numerosas muestras unipersonales. Vive y trabaja con su esposa Nancy en New City, en Nueva York.